C SP P
PataciTua.
El puchero trotton /
1079525224 KMAN

WITHDRAWN

WORN, SOILED, OBSOLETE

S0-CBW-131

Edición original: **OQO Editora**

© del texto	Patacrúa 2009
© de las ilustraciones	Kristina Andres 2009
© de la traducción del gallego	Patacrúa 2009
© de esta edición	OQO Editora 2009
Alemaña 72	36162 Pontevedra
Galicia	ESPAÑA
T +34 986 109 270	F +34 986 109 356
OQO@OQO.es	www.OQO.es
Diseño	Oqomania
Impresión	Tilgráfica
Primera edición	febrero 2009
ISBN	978-84-96788-97-8
DL	PO 061-2009

Reservados todos los derechos

EL PUCHERO TROTÓN

texto de **Patacrúa**, a partir de un cuento tradicional danés

ilustraciones de **Kristina Andres**

OQO editora

Hace mucho tiempo,
había un rey tan ambicioso
que se pasaba las horas
contando y pesando sus riquezas.

Día a día,
su fortuna aumentaba
a costa de engañar
y tratar mal a los campesinos.

Cerca del palacio
vivían un hombre y una mujer
más pobres que las arañas.

Tenían una vaca,
pero cada tarde
llegaba el cobrador del rey
a llevarse la leche;
y, con lo poco que les dejaba,
andaban siempre pelados.

Un día que no tenían ni para comer,
decidieron vender la vaca.

Camino del mercado,
el campesino se encontró con un desconocido
que llevaba un puchero enorme.
Después de conversar un rato,
el forastero le dijo:

– **Con este puchero comerás como un rey.
¡Te lo cambio por la vaca!**

El campesino, confiado,
aceptó el trato
y regresó a casa con el puchero.

– ¡Menudo negocio has hecho!
-protestó la mujer,
tirándose de los pelos.

Y, acordándose de las palabras del forastero, dijo:

– ¿Qué comerá el rey?

Entonces el puchero,
haciendo castañetear la tapadera,
contestó:

– Comerá… comerá…

Y, ¡hop!,
pegó un salto y, **tocotón-tocotón…,**
fue a curiosear al palacio real.

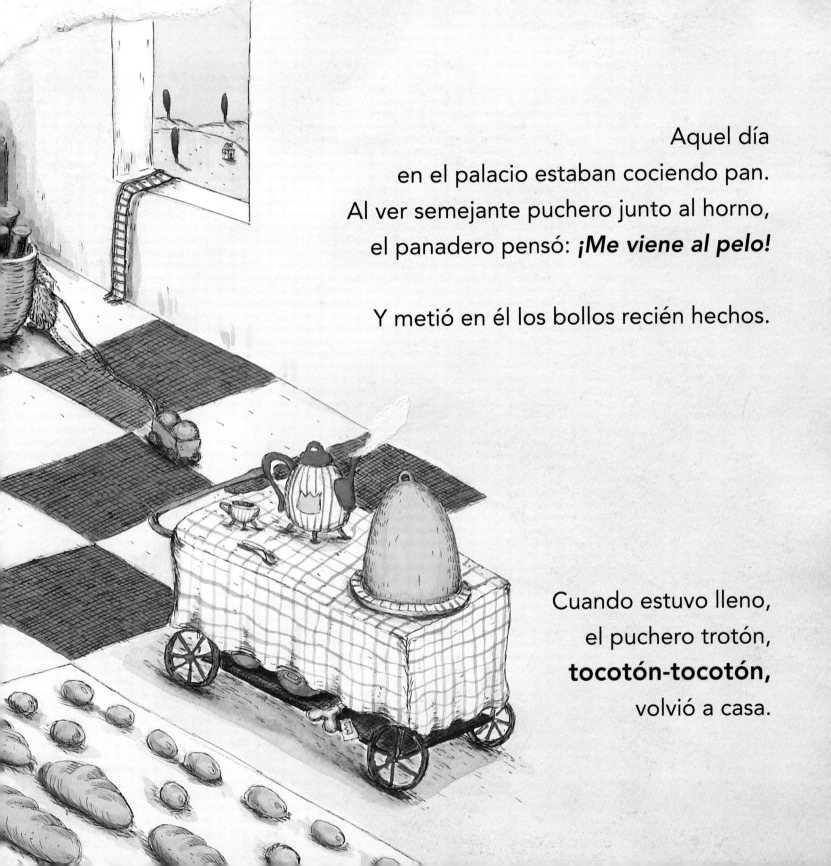

Aquel día
en el palacio estaban cociendo pan.
Al ver semejante puchero junto al horno,
el panadero pensó: *¡Me viene al pelo!*

Y metió en él los bollos recién hechos.

Cuando estuvo lleno,
el puchero trotón,
tocotón-tocotón,
volvió a casa.

Hubo pan suficiente
para repartir con los vecinos,
y durante varios días no faltó comida.

Pero, después de una semana,
no quedaba ni migaja.

– ¿Y ahora qué?
-preguntó la mujer, preocupada.

Y, ¡hop!,
el puchero pegó un salto
y, **tocotón-tocotón...,**
se fue de nuevo a palacio.

Aquel día
en la cocina de la corte
estaban haciendo queso.

La sirvienta, al ver el puchero,
pensó: *¡Me viene de rechupete!*
Y fue colocando los quesos, con cuidado.

Cuando ya no cabían más,
el puchero trotón,
tocotón-tocotón,
volvió a casa.

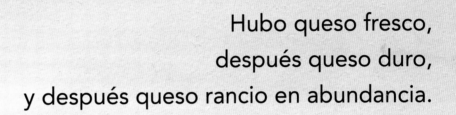

Hubo queso fresco,
después queso duro,
y después queso rancio en abundancia.

Los vecinos comieron como reyes durante días
y, agradecidos,
frotaron el puchero hasta dejarlo brillante.

Cuando se acabó el queso,
el puchero, ¡hop!, pegó un salto
y, **tocotón-tocotón...,**
se fue a palacio.

Era domingo.
Los domingos por la mañana,
el rey sacaba a ventilar
las alhajas y las monedas,
para que no se enmoheciesen
en los baúles.

Al ver en el patio
un puchero brillante como el oro,
el rey pensó:
¡Me viene de perlas!
Y lo utilizó para guardar
los valiosos tesoros.

Cuando estuvo repleto de joyas,
el puchero trotón,
tocotón-tocotón,
volvió a casa.

Al verlo escapar,
el rey lo persiguió gritando furioso:

¡Maldito puchero!
¡Como te pille,
me vas a servir de bacinilla!

Pero el puchero
daba grandes saltos;
y el rey, que corría como un sapo,
no fue capaz de alcanzarlo.

Esta vez, los campesinos
no cabían en sí de alegría.

Repartieron los tesoros
y celebraron, felices,
el final de sus miserias.

Pero el puchero, vacío,
¡hop!,
pegó un salto
y, **tocotón-tocotón...,**
volvió a palacio.

En cuanto el rey lo vio, se bajó los pantalones
e hizo lo que un buen rey nunca haría en un puchero.

Al acabar la faena intentó levantarse,
pero tenía el trasero más gordo que una calabaza
y se quedó encajado.

– ¡SOCOOORROOOOO...!
-gritaba el rey, muerto de vergüenza.

¡Ya podía despepitarse, que nadie le hacía caso!

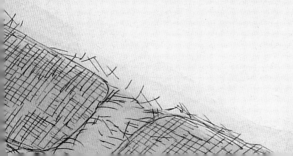

Viendo que no había solución,
se quitó un zapato
y empezó a darle taconazos al puchero.

Entonces el puchero, ¡hop!,
pegó un salto
y, **tocotón-tocotón...,**
se marchó al galope, campo a través.

Los campesinos,
al ver pasar al rey,
tocotón-tocotón,
en el puchero trotón,
gritaron de alegría
para despedirlo.

Y de aquel rey canalla
no se volvió a saber nada…
¡nunca más!